The Three Little Pigs
Los tres cerditos

Bilingual
Fairy Tales
ENGLISH | SPANISH

retold by Patricia Seibert
illustrated by Joshua Jane

Rourke
Educational Media

Library of Congress PCN Data
The Three Little Pigs / Los tres cerditos
ISBN 978-1-64156-990-3 (hard cover) (alk. paper)
ISBN 978-1-64369-007-0 (soft cover)
ISBN 978-1-64369-154-1 (e-Book)
Library of Congress Control Number: 2018955760
Printed in the United States of America

Once upon a time there were three little pigs. They were curious little pigs and eager to learn more about the big, wide world. One bright summer morning, they packed their bags and set off together.

Érase una vez tres cerditos. Eran unos cerditos curiosos y con muchas ganas de aprender sobre este mundo enorme. Una mañana luminosa de verano, hicieron las maletas y salieron de viaje juntos.

The three little pigs enjoyed being out on their own. They explored new places and made lots of new friends. The little pigs spent the warm summer days laughing and playing without a care in the world.

Los tres cerditos disfrutaban estando por ahí fuera solos. Exploraban lugares nuevos y hacían muchos amigos nuevos. Los cerditos pasaban los días cálidos de verano riendo y jugando sin preocuparse por nada.

The long summer days grew shorter. Many of the pigs' friends started to prepare for the colder days ahead. The little pigs realized they needed a house that would be warm and safe, just like the one they had left.

Los largos días de verano se hacían cada vez más cortos. Muchos amigos de los cerditos comenzaron a prepararse para los días fríos que venían. Los cerditos se dieron cuenta de que necesitaban una casa que fuera cálida y segura, igual que la que habían dejado.

"I have an idea!" said one of the pigs. "We can each build our own house. Then, we can have fun visiting each other."

—¡Tengo una idea! — dijo uno de los cerditos—. Podemos construir una casa cada uno. Así nos divertiremos luego visitándonos.

The first pig was excited. *I want to build my house as fast as I can,* he thought. He grabbed the first thing he saw—some straw from a nearby field—and set to work.

El primer cerdito estaba entusiasmado. *Quiero construir mi casa lo más rápido que pueda*, pensó. Agarró lo primero que vio (algo de paja de un campo cercano) y se puso manos a la obra.

He did not spend much time planning his new straw house. Instead, he started building right away.

No pasó mucho tiempo planeando su casa nueva de paja. En lugar de eso, empezó a construirla enseguida.

After a short time, the house was finished. The little pig was so tired that he fell asleep right there on the grass.

The other two pigs had doubts about the house made of straw. "Maybe it's not strong enough," one of them said.

Al poco tiempo, la casa estaba terminada. El cerdito estaba tan cansado que se quedó dormido allí mismo sobre el pasto.

Los otros dos cerditos tenían sus dudas sobre la casa hecha de paja. —Quizá no sea lo suficientemente fuerte —dijo uno de ellos.

The second little pig thought, *what can I use that will be better than straw?* She gathered up the strongest, straightest sticks she could find.

La segunda cerdita pensó: *¿qué puedo usar que sea mejor que la paja?* Reunió los palos más fuertes y rectos que encontró.

She lashed some of the sticks together and built a frame. Then, she tied sticks to the frame to make the walls.

Amarró algunos palos juntos y construyó una estructura. Luego ató palos a la estructura para formar las paredes.

Finally, the second little pig finished her work and took a rest. *A job well done*, she thought.

Meanwhile, the third pig remarked, "It's very nice, but I don't think it's strong enough."

Finalmente, la segunda cerdita acabó su trabajo y se tomó un descanso. *Un trabajo bien hecho*, pensó.

Mientras tanto, el tercer cerdito comentó:
—Está muy bien, pero no creo que sea lo suficientemente fuerte.

So, the third little pig searched everywhere. *What can I find that will be better than sticks?* he wondered. He came across a tumbledown building. There were old bricks all around. He decided they would be just right for his house.

Así que el tercer cerdito buscó por todas partes. *¿Qué puedo encontrar que sea mejor que los palos?*, se preguntaba. Se encontró con un edificio en ruinas. Había ladrillos viejos por todas partes. Decidió que serían perfectos para su casa.

The third little pig set to work. Brick by brick, his house took shape. It took a long time, but the pig finished his sturdy house.

El tercer cerdito se puso a trabajar. Ladrillo a ladrillo, su casa fue tomando forma. Tardó mucho, pero el cerdo terminó su casa resistente.

The tired pig began to clean up, quite satisfied with his handiwork. The two other little pigs shook their heads. They were not sure this one little house was worth all the hard work.

El cansado cerdito comenzó a limpiar, satisfecho con su obra. Los otros dos cerditos meneaban la cabeza. No estaban seguros de que valiera la pena el duro trabajo de hacer esta casita.

After each pig had built a little house, they had time to play. One day, when they were out having fun, they happened across some wolf tracks. When the pigs saw that a wolf had been nearby, they all ran home and locked their houses up tight.

Cuando los tres cerditos habían construido sus casas, tuvieron tiempo de jugar. Un día, cuando estaban afuera divirtiéndose, se encontraron con unas huellas de lobo. Cuando los cerditos vieron que había estado cerca un lobo, corrieron todos a sus casas y se encerraron dentro.

Soon enough, the wolf appeared at the door of the first little pig's house. The straw house shone golden in the sunshine.

"Little pig, little pig, let me come in!" said the wolf, grinning his big wolf grin.

"No!" cried the first little pig. "Not by the hair of my chinny, chin, chin!"

Al poco tiempo, el lobo apareció en la puerta de la casa del primer cerdito. La casa de paja brillaba dorada a la luz del sol.

—Cerdito, cerdito, ¡déjame entrar! —dijo el lobo, sonriendo con una gran sonrisa de lobo.

—¡No! —exclamó el primer cerdito—. ¡Ni por los pelos de mi peluda barbilla!

"Then I'll huff, and I'll puff, and I'll blow your house in!" shouted the wolf. And, with an enormous breath, the wolf blew down the house of straw.

—¡Entonces soplaré, soplaré, y tu casita saldrá volando por los aires! —gritó el lobo. Y con un gran soplido, el lobo derrumbó la casa de paja.

The first pig ran to the second pig's house. Right after they had closed and locked the door, the wolf appeared. "Little pigs, little pigs, let me come in!" said the wolf.

"No!" cried the pigs. "Not by the hair of our chinny, chin, chins!"

El primer cerdito corrió a la casa de la segunda cerdita. Justo después de que cerraran la puerta con llave, apareció el lobo. —Cerditos, cerditos, ¡dejadme entrar! —dijo el lobo.

—¡No! —exclamaron los cerditos—. ¡Ni por los pelos de nuestras peludas barbillas!

"Then I'll huff, and I'll puff, and I'll blow your house in!" shouted the wolf.

—¡Entonces soplaré, soplaré, y su casita saldrá volando por los aires! —gritó el lobo.

And, with a tremendous breath, the wolf blew down the house of sticks.

Y con un gran soplido, el lobo derrumbó la casa de palos.

The two little pigs ran as fast as they could to the brick house. All three little pigs watched from the windows as the wolf approached.

"Little pigs, little pigs, let me come in!" demanded the wolf. By now, he was feeling pretty sure of himself.

"No!" shouted all the pigs together. "Not by the hair of our chinny, chin, chins!"

Los dos cerditos corrieron tan rápido
como pudieron a la casa de ladrillos.
Los tres cerditos miraban desde
la ventana cómo se acercaba el
lobo.

—Cerditos, cerditos,
¡dejadme entrar! —exigió
el lobo. Ahora se sentía
ya bastante confiado.

—¡No! —gritaron
todos los cerditos
juntos—. ¡Ni por los
pelos de nuestras
peludas barbillas!

"Then I'll huff, and I'll puff, and I'll blow your house in!" shouted the wolf. But even with a stupendous breath, the wolf could not blow down the house of bricks. The wolf slumped, exhausted, outside the little brick house.

—¡Entonces soplaré, soplaré, y su casita saldrá volando por los aires! —gritó el lobo. Pero incluso con un soplido enorme, el lobo no pudo derrumbar la casa de ladrillos. El lobo se dejó caer, agotado, fuera de la casita de ladrillos.

After resting a bit, the wolf came up with a new plan. The three little pigs guessed what he might do, so they lit a blazing fire in the fireplace.

Después de descansar un poco, el lobo ideó un nuevo plan. Los tres cerditos adivinaron lo que iba a hacer, así que prendieron un gran fuego en la chimenea.

Just as the pigs had guessed,
the wolf climbed down the chimney.
Before he could reach the bottom, his
tail caught fire!

Tal como habían adivinado los
cerditos, el lobo bajó por la chimenea.
Antes de que pudiera llegar abajo, ¡su
cola se prendió fuego!

The wolf could not pull himself
up and out of that chimney fast enough.
He raced away in a panic.
The three little pigs stood hand in hand as they watched the wolf
disappear into the distance. From that day forward, he was never seen
again, and the pigs lived happily ever after.

El lobo no podía correr más rápido para salir de la chimenea. Salió
huyendo de miedo.
Los tres cerditos miraron juntos cómo desaparecía el lobo bien lejos.
A partir de ese día, nunca se le vio más, y los cerditos vivieron felices
para siempre.